Aquarelles

de

MAURICE LELOIR

CONDITIONS DE LA VENTE

Elle sera faite au comptant.

Les acquéreurs paieront dix pour cent en sus des enchères.

L'acquisition des aquarelles ne confère pas à l'acheteur les droits de reproduction qui sont expressément réservés.

TYPOGRAPHIE FIRMIN-DIDOT ET Cie. — MESNIL (EURE).

CATALOGUE

DES

Aquarelles

DE

MAURICE LELOIR

AYANT SERVI A L'ILLUSTRATION

DE

Richelieu

DONT LA VENTE AUX ENCHÈRES PUBLIQUES AURA LIEU

HOTEL DROUOT, SALLE N° 10

Le Vendredi 29 mars 1901, à 3 heures et 1/2

COMMISSAIRE PRISEUR	EXPERTS
M. LÉON TUAL	MM. CHAINE & SIMONSON
56, RUE DE LA VICTOIRE	RUE CAUMARTIN, 19

Expositions Particulières

Galerie des Artistes Modernes, 19, rue Caumartin :

Du lundi 25 au mercredi 27 mars de 10 h. à 6 heures

HOTEL DROUOT, SALLE N° 10

Le jeudi 28 mars de 1 h. 1 2 à 6 heures

Exposition Publique

HOTEL DROUOT, SALLE N° 10

Le vendredi 29 mars de 1 h. à 3 heures

Suzanne de la Porte, veuve de François de Richelieu, se consacre à l'éducation de ses enfants.

Richelieu suivait avec zèle les enseignements de M. de Pluvinel.

4. Audience du pape Paul V.

Le jeune Armand fut présenté au pape par M. d'Halincourt, ambassadeur de France, et par le cardinal de Joyeuse.

5. L'Évêché de Luçon.

Je suis extrêmement mal logé, écrit-il, car je n'ai aucun lieu où je puisse faire de feu à cause de la fumée.

6. Mort de Henri IV.

Rue de la Ferronnerie, Ravaillac profita d'un embarras de voitures, pour monter sur une borne et frapper le roi.

7. Les États généraux de 1614.

L'éclatante harangue que prononça l'évêque de Luçon à la séance de clôture, fut la révélation de son génie.

8. Passe-temps royaux.

Quand le roi s'occupait à des jeux plus sérieux il manœuvrait de petits canons attelés de lévriers dociles.

9. Mort du maréchal d'Ancre.

Vitry s'approche de lui : Au nom du Roi je vous arrête. « Moi ! fit le maréchal. » — Trois coups de feu lui répondirent, il tomba raide mort.

10. Louis XIII acclamé par la foule.

Il alla aux fenêtres et cria : « Aux armes, aux armes, compagnons ! loué soit Dieu, me voilà roi. »

11. Départ de Marie de Médicis pour l'exil.

Tout le long de la rivière le cortège chemina jusqu'au Pont-Neuf que la reine traversa.

12. Évasion de Marie de Médicis du château de Blois.

La reine s'engage tremblante sur l'échelle. Grosse et lourde, elle ne descendit qu'à grand'peine.

13. Richelieu apprend sa nomination de Cardinal.

Un gentilhomme ayant appris le premier la nouvelle, court à Lyon, force l'hôtel de l'évêque et s'écrie : « Votre Éminence est Cardinal. »

14. Bal à la Cour.

Seuls, la danse et les ballets procuraient quelque plaisir au roi. On dansait dans la grande salle du Louvre.

15. Construction du Palais Cardinal.

Le Cardinal-duc n'avait rien épargné pour que son palais fût la plus riche habitation de la capitale.

16. Le Balcon du Palais Cardinal.

17. La Garde du Cardinal.

Sur son passage elle présentait les armes, selon l'habitude de l'époque, le mousquet abaissé à hauteur de l'épaule.

18. Buckingham à la Cour de France.

Son costume était tout garni de perles, retenues par un fil si mince qu'il se rompit. Les perles roulèrent à terre et les courtisans se baissèrent pour les ramasser.

19. Chalais conduit au supplice.

Mis en jugement, il fut condamné à mort pour crime de lèse-majesté.

20. Le duel de Boutteville à la place Royale.

Il se battit avec Beuvron en plein midi sous les fenêtres du baron de Chantal. Il avait pour seconds des Chapelles et La Berthe, et Beuvron était accompagné de Buquet et de Bussy d'Amboise.

21. Combat à l'île de Ré.

Dans la nuit du 7 octobre une escadrille apporte aux défenseurs de Saint-Martin, 400 hommes de renfort.

22. La Messe au camp de la Rochelle.

Dans son testament Richelieu compare à un couvent le camp de la Rochelle, tous les matins la messe était célébrée sous les yeux des troupes.

23. La digue de la Rochelle.

Richelieu avait présidé à ce travail gigantesque un Quinte-Curce à la main.

24. Entrée à la Rochelle.

Le Cardinal marcha tout seul devant le roi, pour montrer à tout le monde qu'il était le second personnage de France.

25. Le Pas de Suze.

Louis XIII décida, malgré les difficultés de l'entreprise, de forcer le Pas de Suze.

26. Mazarin à Cazal.

Courant à bride abattue vers les Français, il agitait un papier, en criant : *Pace! Pace! Treva!*

27. La Journée des Dupes.

Marie de Médicis ne répondit que par de nouvelles violences à ses protestations de dévouement.

28. La Duchesse de Montmorency demandant grâce.

Elle se précipita à genoux sur le passage du souverain.

29. La Messe du Père Joseph.

« S'ils font résistance, dit l'officier ? » — « Alors tuez tout », dit le bon Père, et il reprit l'office interrompu.

30. Mort du Père Joseph.

Le Cardinal, malade, trouve la force de courir au chevet du capucin mourant.

31. Les Veillées du Cardinal.

Il travaillait la nuit à la lueur tremblotante des chandelles.

32. Richelieu et ses chats.

Il aimait à jouer avec ses chats dont il était toujours entouré.

33. Fondation de l'Académie.

Richelieu assembla les nouveaux académiciens dans son cabinet et leur donna lecture des statuts de la Compagnie.

34. Richelieu et Corneille.

Le Cardinal le recevait affectueusement.

35. « Mirame »

Cette représentation fut donnée le 14 janvier 1631 avec un luxe inouï.

36. Les deux Malades

Le roi était également si faible qu'on dut dresser un lit pour lui, à côté du lit du Cardinal.

37. Sur le Rhône

La barque contenant Cinq-Mars et de Thou fut attachée au riche bateau où se trouvait Richelieu.

38. La litière du Cardinal

Quand les portes des villes étaient trop étroites pour laisser passer ce singulier équipage, on abattait les pans de muraille.

39. La Dernière visite

« Sire, dit Richelieu, je vois bien qu'il me faut partir et prendre congé de Votre Majesté; mais au moins je meurs avec la satisfaction de ne l'avoir jamais desservie. »

40. A la gloire de Richelieu

RED. :

22

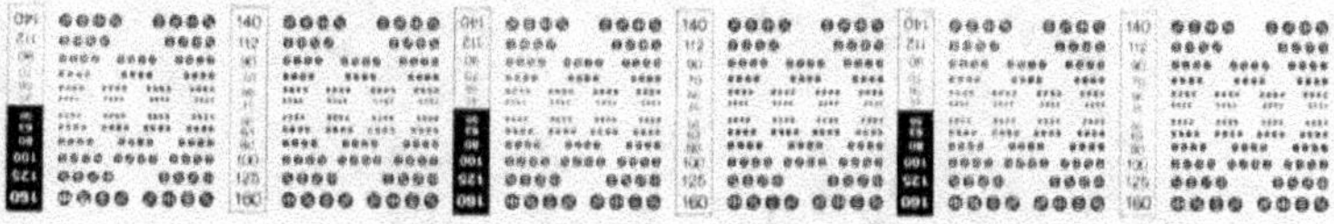

BIBLIOTHEQUE
NATIONALE
DE FRANCE

****

CHATEAU
DE
SABLE
1996